CATALOGUE

D'UNE

TRÈS-INTÉRESSANTE COLLECTION

DE

TABLEAUX

DES ÉCOLES

ITALIENNE, FRANÇAISE & DES PAYS-BAS

DONT LA VENTE AURA LIEU

HOTEL DES VENTES MOBILIÈRES

RUE DES JEUNEURS, N. 42,

Salle n. 2,

LE LUNDI 26 DÉCEMBRE 1853, A UNE HEURE.

Par le ministère de M⁰ **RIDEL**, Commissaire-Priseur à Paris,
555, rue Saint-Honoré.

Assisté de M. **GÉRARD**, Peintre-Expert, Impasse Mazagran, 6.

EXPOSITION PUBLIQUE

Le Dimanche 25 décembre 1853, de midi à cinq heures.

PARIS

MAULDE ET RENOU,

IMPRIMEURS DE LA COMPAGNIE DES COMMISSAIRES-PRISEURS,
Rue de Rivoli, 144.

1853

CONDITIONS DE LA VENTE

Elle sera faite au comptant.

Les acquéreurs paieront, en sus des adjudications, cinq centimes par franc applicables aux frais.

AVERTISSEMENT.

La Collection décrite ci-après, quoique n'ayant pas d'ouvrages des premiers maîtres, se recommande par un choix de tableaux agréables en parfait état et bien encadrés, tels enfin que MM. les Amateurs aiment à les rencontrer, c'est-à-dire prêts à être accrochés dans leur cabinet ; c'est donc avec confiance que nous les engageons à rendre visite à notre Exposition, le dimanche 25 décembre ; bien persuadés que nous sommes, de les revoir à la vente.

DÉSIGNATION

DES TABLEAUX

---◇-◎-◇---

DE MARNE.

1 — Intérieur. Un officier hollandais montre un fruit à son enfant que sa dame tient sur ses genoux ; gracieuse composition de six figures.

DU MÊME.

2 — Le flageolet enlevé : un des bons ouvrages de ce maître.

VALLIN.

3 — La rose enlevée.

OMMÉGANCK, 1787.

4 — Paysage ; un berger, assis sur le bord d'une route, garde des moutons.

FRAGONARD.

5 — Bergère dansant au son du flageolet, que joue un jeune pâtre.

REMBRANDT

6 — La présentation au temple.

BACHUYSEN.

7 — La Samaritaine et Jésus au puits.

BOILLY.

8 — La toilette du singe.

VANLOO.

9 — Jeune enfant jouant avec un chat sur les genoux de sa mère.

BRACKEMBURG.

10 — Intérieur d'Estaminet.

BONNINGTON.

11 — Paysage avec moulins à vent.

DU MÊME.

12 — Marine, petit port de Normandie.

SCHALKEN.

13 — Jeune femme lisant à la lueur d'une bougie.

VYNANTZ.

14 — Paysage orné de figures.

LEMOINE.

15 — L'enlèvement d'Europe.

COUDER.

16 — Desdémone, ressentant sa mort.

VAN GOYEN.

17 — Paysage avec route, cavalier et villageois.

LANCRET.

18 — Société dans le vestibule d'un palais.

VANDERMEER.

19 — Marche des bagages d'une armée.

DE MAYER.

20 — Troupeau de bestiaux dans les montagnes.

VANDER DOES (Jacques).

21 — Paysage avec ruines, belles plantes et bestiaux.

MIRVELT.

22 — Beau portrait de femme.

VANDER WERFF.

23 — La Sainte Vierge tenant sur ses genoux l'enfant Jésus.

THEOLON.

24 — Le dénicheur d'oiseaux.

LOUTERBOURG.

25 — Le Passage du Gué.

DE HÉEM.

26 — Raisins, pêches citron et autres fruits.

KRUZEMANN.

27 — Paysage effet de neige.

VAN FALLENS.

28 — Repos après la chasse au faucon.

PEETERS (Bonaventure).

29 — Marine de forme ovale.

PEETERS NEEFS (père).

30 — Intérieur d'église, effet de nuit (cuivre).

PETIT.

31 — Salvator vendant un de ses tableaux.

CHUTZ.

32 — Deux paysages, vues du Rhin.

SPRANGER.

33 — La Sainte Famille.

HULC.

34 — Marine Hollandaise.

GÉRARD Mlle.

35 — L'heureux ménage.

KAREL DUJARDIN (attribué à).

36 — Paysage avec pâtre et bestiaux.

VAN DAEL.

37 — Roses et autres fleurs dans un verre.

BECHET (dit BISCAYE).

38 — La Sainte Famille (sur cuivre).

FAES.

39 — Beau bouquet de fleurs dans un vase ; au pied est un nid.

CARLE DE MOOR.

40 — La Madeleine pénitente.

HUYGENS.

41 — Groupe de fleurs, gibier et attirail de chasseur.

BARENT GAEL.

42 — Cavaliers près d'une hôtellerie.

DE GHÉQUE.

43 — Bouquet de fleurs dans un vase.

DE LAIRESSE.

44 — Deux des saisons, médaillons ronds sur cuivre.

MICHEL.

45 — Paysage, effet de soleil sur une plaine.

BEGYN.

46 — Bergère au milieu de ses moutons.

ZACTH LÉEVEN.

47 — Paysage avec rivière. Ce tableau est signé Claude Lorrain sur une barque.

BRUANDET.

48 — Intérieur de forêt.

VALAYER COSTER.

49 — Bouquet dans un vase de cristal.

STOCKLEINE.

50 — Intérieur d'église.

JACOPS JACOPS.

51 — Page jouant avec un chien.

NICOLIER.

52 — Jeune dame achevant sa toilette.

VAN DYCK (Philippe).

53 — La maladie d'Antiochus.

KOBBEL.

54 — Deux vaches dans une prairie.

ZACTH LÉEVEN.

55 — Paysage avec chèvres.

DE VAUX.

56 — Paul Potter étudiant d'après nature.

WOUTERS.

57 — Jeune fille quittant la maison paternelle pour
aller en service.

GREUZE (école de).

58 — Jeune fille coiffée d'un bonnet.

ORISONTI.

59 — Paysage avec troupeau de moutons.

MURILLO (d'après).

60 — Sainte Famille, réduction d'un des tableaux
du Musée.

VAN TULDEN.

61 — L'Assomption de la Vierge.

DIETRICH.

62 — Paysage avec chute d'eau.

HACKERT.

63 — Paysage, pâtre et bestiaux.

SALVATOR ROSA.

64 — Querelle de soldats jouant aux cartes.

DU MÊME.

65 — Espionne conduite à la tente d'un général.

ROMANELLI.

66 — Sainte Catherine.

ALBANE.

67 — Saint Jean.

DEVRIES.

68 — Paysage avec cavalier.

FRANCK.

69 — La continence de Scipion.

RUISDAEL (Salomon).

70 — Paysage, marine avec pêcheurs au filet.

VITRINGA.

71 — Marine avec nombre de bâtiments.

VAN POOL (JURIANT).

72 — Très beau vase de fleurs, chef-d'œuvre du maître. (Ce tableau, mis à 1,000 fr. sur table, ne sera pas vendu au dessous de ce prix.)

ACKEMBACH.

73 — Paysage avec moulins à vent. (Esquisse.)

DEVERIA.

74 — La Promenade.

LEPRINCE (XAVIER).

75 — Les promeneurs aux Tuileries.

VAN DE VELDE (d'après).

76 — Bergère et bestiaux passant un gué.

VAN DAEL.

77 — Vase de fleurs. (Fixé.)

DUVAL.

78 — Auvergnate en voyage.

MIRVELT.

79 — Petit portrait d'homme. (Sur cuivre.)

CAZANOVE.

80 — Le passage du gué. (Ovale.)

DUE.

80 bis. — Petit paysage avec berger gardant des moutons.

ROBERT (Hubert).

81 — Paysage avec ruines. On voit le peintre un carton sous le bras.

BAPTISTE MONOYER.

82 — Deux bouquets de fleurs.

HUET.

83 — Paysage, marine.

VERENDAEL.

84 — Tableau de fleurs.

VELASQUÈS.

85 — Fleurs. Riche composition.

PALIZZI.

86 — Des chèvres.

CHARDIN.

87 — Oranges et légumes.

PIERRE.

88 — Vénus et Vulcain.

BOUCHER.

89 — Nayades et Tritons.

HUET.

90 — Chèvres et moutons.

BUDELOT.

91 — Deux paysages. Pendant.

PAU DE SAINT-MARTIN.

92 — Paysage et figures.

BERTIN.

93 — Paysage historique.

PRUD'HON (école de).

94 — Portrait de Prud'hon.

MIGNARD.

95 — Madame de Sévigné.

BOUCHER (école de).

96 — Scène pastorale.

COPINOT.

97 — Un vase en argent.

FRAGONARD.

98 — Une esquisse.

PRUD'HON (école de).

99 — Dame à sa toilette.

RÉGNIER.

100 — Paysage oriental.

ISABEY.

101 — Canal orné de figures.

GREUZE.

102 — Jeune boudeuse.

LECOEUR.

103 — L'Amour filial.

VAN ACHEN.

101 — Le hallebardier.

MIGNARD.

105 — Portrait de femme.

LARGILLIÈRE.

106 — Dame en manteau de cour.

ÉCOLE FRANÇAISE.

107 — La Comédie. Allégorie.

DEHEEM (JEAN).

108 — Huîtres et fruits.

MIRVELT.

109 — Portrait d'une dame hollandaise.

VÉRONÈSE (d'après PAUL).

110 — Vénus et l'Amour.

ÉCOLE MODERNE.

111 — Le départ de la Duchesse d'Angoulême.

MAULDE et RENOU, Imprimeurs de la Compagnie des Commissaires-Priseurs, rue de Rivoli, 144.